Baron Castex

hommage de respectueuse affection

pey d'auvilly

5bre 1885

La Comtesse

DE

LAVALLETTE

(ÉMILIE DE BEAUHARNAIS)

TIRÉ A CENT CINQUANTE EXEMPLAIRES

COMTE HENRY D'IDEVILLE

La Comtesse

DE

LAVALLETTE

(ÉMILIE DE BEAUHARNAIS)

ET L'HOTEL DE LA RUE

DE

LA ROCHEFOUCAULD

(Vieilles maisons et Jeunes Souvenirs)

PARIS

Honoré CHAMPION, Libraire

15, QUAI MALAQUAIS, 15

—

1886

La Comtesse

DE

LAVALLETTE

ET L'HOTEL DE LA RUE

DE

LA ROCHEFOUCAULD

I

Un des souvenirs les plus vivaces de mon
enfance, souvenir étroitement lié à ceux de
ma famille, se rattache à la physionomie de
la comtesse de Lavallette. Cette héroïne aus-
tère du dévouement et de la piété conjugale
a exercé sur mes jeunes années une impression singulière et je n'ai cessé de vouer à elle
et à sa mémoire un culte religieux.

D'aussi loin que je me souvienne, je retrouve devant mes yeux cette figure gran-

diose et sereine de Mme de Lavallette (Emilie de Beauharnais), et ce n'est point pour
nous un mince honneur que de lui avoir appartenu, même indirectement, par une alliance étroite de famille. Sa fille unique, en
effet, Joséphine de Lavallette était entrée
dans notre famille en 1816 par son mariage
avec mon cousin germain, le propre neveu
de ma mère, le baron Tony de Forget (1).

Mon imagination d'enfant, vivement frap-
pée et exaltée par le récit maintes fois répété
devant moi de l'évasion du comte de Lavallette, évoquait sans cesse tout ce qui se rap-
portait à cet événement dramatique.

Que de fois, je m'en souviens, étant enfant, suis-je resté debout et songeur devant
le tableau d'Horace Vernet représentant *l'E-
vasion de la Conciergerie*, me faisant racon-
ter sans cesse les détails palpitants de cette
scène ! L'épisode choisi par le peintre est le

(1) Mon grand-père, *le comte Ignace-Hyacinthe de
Sampigny d'Issoncourt*, lieutenant des maréchaux
de France pour la province d'Auvergne (1745-1819),
eut un fils et deux filles : l'aînée, Amable, épousa
M. Claude de Forget, chevalier de Saint-Louis, d'où
Tony de Forget, marié à Mlle de Lavallette ; la seconde, Adélaïde, fut ma mère.

moment où Mme de Lavallette, avec la gouvernante de sa fille, Mme Dutoit, aide le prisonnier à revêtir son déguisement, tandis
que sa fille, la jeune Joséphine (la baronne
de Forget) se tient aux aguets à la porte,
prêtant l'oreille.

Tous les personnages qui avaient rempli
un rôle dans cette nuit de décembre 1815,
vivaient dans mon entourage, sauf M. de Lavallette, mort en 1830.

Ce milieu était encore, lors de mon extrê-
me jeunesse, tout empreint des souvenirs et
des traditions de l'ère impériale, M. de Lavallette, depuis son retour d'Allemagne, en
1822, ayant groupé autour de lui, tout ce qui
de l'Empire, avait survécu en illustrations de
tous genres. Après lui, son salon ne fut pas
déserté. Fidèles à sa mémoire, ses amis se
réunirent longtemps, chaque jeudi, dans son
hôtel de la rue Matignon, habité par sa veuve
et sa fille, la baronne de Forget (1), restée
veuve, elle-même, de fort bonne heure.

---

(1) *Le baron de Forget*, auditeur au conseil d'Etat
en 1810, sous-préfet de Riom en 1830, était préfet de
l'Aude en 1832. Au mois d'octobre 1836, traversant à
gué, en voiture, la rivière de l'Allier, il périt tragi-

Le marquis François de Beauharnais (1), beau-père de M. de Lavallette, survécut plusieurs années à son gendre et ne mourut qu'en 1846. C'était un vieillard alerte, aimable, aux grandes manières. Je me souviens toujours des visites que nous lui faisions le dimanche à son hôtel de la rue du Rocher, et

quement avec le plus jeune de ses fils, en voulant le sauver.

(1) *François, marquis de Beauharnais,* né à La Rochelle, le 12 août 1756, représenta la noblesse aux Etats-Généraux de 1789, émigra en 1792 et fut major-général dans l'armée de Condé. — Il écrivit à la Convention pour défendre Louis XVI et plus tard, lorsque le général Bonaparte fut devenu son beau-frère, il insista pour qu'il rendît le trône aux Bourbons, « au nom de la seule gloire qui restait à acquérir au premier consul ». — Ayant cependant reconnu l'Empire, il fut envoyé par Napoléon 1er en ambassade à Florence et à Madrid. — Puis, sur un acte de résistance à son beau-frère, il fut exilé en Sologne dans sa terre de la Ferté-Beauharnais où il resta jusqu'en 1814. — De son mariage avec sa nièce, Marie-Françoise de Beauharnais, fille de Fanny de Beauharnais, il eut Emilie-Louise, mariée en 1799 au comte de Lavallette, et d'un second mariage, Hortense-Louise Françoise, veuve en 1846 du comte Henri-Siegfried-Richard de Querelles, remariée en 1848 à M. Armand Laity, aide de camp de Napoléon III et morte en 1853.

je vois encore le salon du rez-de-chaussée, ouvrant sur un grand jardin exposé au soleil. Sa fille aînée, la comtesse de Lavallette, mourut longtemps après son père, le 18 juin 1855.

Je retrouve dans le journal des *Débats* quelques lignes insérées par moi à cette époque, et qui résument cette noble vie.

« Emilie de Beauharnais, née en 1780, était fille du marquis de Beauharnais, ancien ambassadeur en Espagne, et nièce de l'Impératrice Joséphine.

« Encore enfant quand passèrent sur la France les mauvais jours de la Révolution, fille d'une mère emprisonnée et d'un père émigré, elle fit à cette triste école l'apprentissage de l'énergie et de l'abnégation. Ces pénibles enseignements portèrent leurs fruits quand l'enfant eut grandi. Mariée selon le vœu, on pourrait même dire sur l'ordre du général Bonaparte, à l'un de ses aides de camp, Marie Chamans de Lavallette, elle suivit son mari, lors de son retour d'Egypte, à Dresde et à Berlin, et le monde allemand admira sans réserve cette aimable et chaste femme qui arrivait de France, au moment même des folies turbulentes du Direc-

— 12 —

toire, grave, cordiale et charmante, autant
par le rayonnement de ses vertus que par la
séduction de sa beauté. Après la victoire de
Hohenlinden, le Premier Consul rappela à
Paris son ministre, et lorsqu'il plaça la cou-
ronne impériale sur le front de Joséphine, la
nièce de la nouvelle impératrice fut nommée
dame d'atour.

« On la vit aux Tuileries ce qu'elle avait
été en Allemagne ; mais le jour s'approchait
où ses qualités si discrètes et si nobles al-
laient s'épanouir dans un plus large milieu,
où cette femme accomplie , cette épouse
pieuse, cette mère dévouée allait devenir
une héroïne, tout naturellement, presque
sans s'en douter. Qui ne redirait, parmi les
contemporains de la Restauration, les détails
pathétiques de l'évasion de l'ancien directeur
général des postes sous les Cent jours, du
comte de Lavallette, arraché à l'échafaud
politique de 1815, par le miracle d'une intel-
ligente audace ? Les poètes ont chanté le
courage inspiré de Mme de Lavallette ; tous
les cœurs ont battu d'une émotion enthou-
siaste au récit de ce drame sublime, où le
devoir domestique s'élève jusqu'à l'accepta-
tion du martyre. Mme de Lavallette avait

dépensé toute sa raison et toute son énergie
pour sauver son mari ; et lorsque celui-ci
revint de l'exil, au milieu des félicitations
qui accueillirent son retour, une voix resta
muette : c'était celle de sa femme. Cette nature délicate, si forte tant que dura la tem-
pête, fléchit dès que sa mission fut terminée.
Veuve depuis bien des années, son existence
languissait, et cette intelligence à demi voi-
lée ne s'éclairait que pour répandre autour
d'elle les fugitives lueurs de sa bonté. Sa
fille, Mme la baronne de Forget, a entouré
cette mélancolique agonie des soins les plus
assidus et les plus tendres. Sa douleur ne
peut être allégée, mais qu'elle sache bien que
la mémoire de la comtesse de Lavallette vi-
vra éternellement et que les sympathies uni-
verselles sauvegarderont cette gloire si haute
et si pure qui n'emprunte rien à l'honneur
d'une alliance souveraine. »

II

Antoine-Marie Chamans Lavallette, né en 1769, était fils d'un riche négociant de Paris. Après avoir fait ses humanités au collège d'Harcourt, il avait commencé ses études ecclésiastiques et était déjà bibliothécaire à Sainte-Geneviève quand éclata la Révolution. Il accueillit avec enthousiasme la régénération sociale : toutefois son honnêteté s'indigna contre les excès révolutionnaires. Comme garde nationale, il défendit vaillamment le roi Louis XVI au 10 août et signa plus tard la pétition adressée à la Convention en faveur du souverain déchu. Engagé volontaire dans l'armée des Alpes, sous Baraguey-d'Hilliers, il devint bientôt aide de camp du général. Il eut ensuite la bonne fortune de passer sous les ordres de Bonaparte. Capitaine à Arcole, aide de camp du jeune vainqueur de l'Autriche, Lavallette n'était pas seulement un officier distingué. Il avait, ce que Bonaparte rencontrait plus difficilement parmi ses compagnons d'armes, une instruc-

tion solide, la finesse et l'intelligence, les
manières d'un homme du monde. Aussi fut-
il chargé par lui de plusieurs missions secrè-
tes très importantes.

Pour mieux s'attacher son aide-de-camp
favori, au moment de s'embarquer pour l'E-
gypte, le général Bonaparte lui faisait épouser, en 1799, la nièce de sa femme, la jeune
Joséphine-Emilie-Louise de Beauharnais, fille
du marquis de Beauharnais, chef de la branche aînée de cette famille.

M. de Lavallette dans ses Mémoires ra-
conte les curieux détails qui précédèrent son
mariage et le choix imposé par son chef, le
général Bonaparte. Ce fut peu de jours après
le retour du vainqueur d'Arcole à Paris et avant
son départ pour la campagne d'Egypte qu'eut
lieu la scène suivante. — La jeune Emilie de
Beauharnais, que le général Bonaparte desti-
nait à son aide de camp Lavallette, était
sous la tutelle de sa tante et placée dans le
pensionnat de Mme Campan. Son père, en effet, le marquis François de Beauharnais, étant
émigré, sa mère divorcée et remariée avait
renoncé en faveur de sa belle-sœur, la femme
du général Bonaparte, à ses droits sur sa
fille.

« Un jour, dit M. de Lavallette, que j'ac-
compagnais le général Bonaparte à la tréso-
rerie pour presser l'expédition des fonds
dont la marine avait besoin à Toulon, il fit
diriger sa voiture par les nouveaux boule-
vards pour causer à son aise. « Je ne peux
vous faire chef d'escadron, me dit-il, il faut
donc que je vous marie; je veux vous faire
épouser Emilie de Beauharnais; elle est très
belle et bien élevée. La connaissez-vous? —
Je l'ai vue deux fois. Mais, mon général, je
suis sans fortune et nous allons en Egypte, et
je pourrais bien y être tué; que deviendra la
pauvre veuve? Je n'ai pas d'ailleurs de goût
pour le mariage. — Il faut se marier pour
avoir des enfants; c'est le grand but de la
vie. Etre tué, cela est possible, alors elle sera
la veuve d'un de mes aides de camp, d'un
défenseur de la patrie; elle aura une pension
et pourra s'établir avantageusement. Main-
tenant, fille d'un émigré, personne ne veut
d'elle; ma femme ne peut conduire sa nièce
dans le monde, la pauvre enfant est digne
d'un meilleur sort. Il faut que cette affaire
soit terminée promptement, causez ce soir
avec Mme Bonaparte; la mère a déjà donné
son consentement. Dans huit jours la noce, et

2

je vous donnerai quinze jours de bon temps.
Vous viendrez me rejoindre à Toulon le 29. »
Il me parlait ainsi le 9. Je riais pendant ce
discours. — Enfin, lui répondis-je, je ferai
tout ce que vous voudrez; mais la jeune personne voudra-t-elle de moi? Je ne veux pas
la contraindre. — C'est une enfant qui
s'ennuie à la pension, qui sera malheureuse
chez sa mère. Pendant votre absence, elle
ira vivre chez son grand-père à Fontaine-
bleau. Vous ne serez pas tué et dans deux
ans vous la retrouverez. Allons, c'est une affaire arrangée. Dites au cocher de retourner
à la maison. »

Le soir je m'approchai de Mme Bonaparte.
Elle était prévenue, voulut bien me montrer
de la satisfaction et m'appela son neveu.
« Demain, me dit-elle, nous irons tous à
Saint-Germain ; je vous présenterai à ma
nièce. Vous en serez enchanté ; elle est
charmante. » — Effectivement, le lendemain
nous montâmes en calèche, le général, Mme
Bonaparte, Eugène de Beauharnais, et nous
descendîmes chez Mme Campau. C'était un
événement; toutes les pensionnaires étaient
aux fenêtres, dans les salons, dans les cours,
car on avait donné congé. Bientôt on des-

cendit dans le jardin, et parmi ce troupeau
de quarante jeunes personnes, je cherchais
avec inquiétude celle qui m'était destinée.
Sa cousine Hortense nous l'amena pour sa-
luer le général et embrasser sa tante. Elle
était effectivement la plus jolie. Une taille
élevée et d'une élégance pleine de grâce, un
visage charmant, de belles couleurs que la
confusion augmentait, mais une timidité, un
embarras qui fit rire le maître; mais il n'alla
pas plus loin. Il fut décidé qu'on déjeunerait
dans le jardin, sur l'herbe. J'étais cependant
fort soucieux. Voudrait-elle de moi? N'obéis-
sait-elle pas avec répugnance? Ce mariage si
brusque, ce départ si prompt me chagri-
naient.

« Quand on fut levé, et que le cercle fut
rompu, je priai Eugène de conduire sa cousine dans une allée solitaire. Je les rejoi-
gnis, et il nous quitta. J'entrai alors en con-
versation; je ne lui cachai ni ma naissance,
ni mon peu de fortune. « Je n'ai, lui dis-je,
que mon épée et la bienveillance du général,
et je vous quitte dans quinze jours. Ouvrez-
moi votre cœur, je me sens disposé à vous
aimer de toute mon âme; mais cela ne suffit
pas. Si cette union n'est pas de votre goût,

confiez-le moi ; il ne me sera pas difficile de
trouver un prétexte pour la rompre. J'ob-
tiendrai mon éloignement ; vous ne serez
pas tourmentée ; je garderai votre secret. »
Elle avait les yeux baissés ; pour toute réponse, elle sourit et me donna le bouquet
qu'elle tenait à la main. Je l'embrassai. Nous
revînmes lentement vers la campagne, et
huit jours après nous allâmes à la munici-
palité. Le lendemain, un pauvre prêtre inser-
menté nous maria dans le petit couvent de
la Conception, rue Saint-Honoré. C'était
peu près défendu, mais Emilie y tenait
beaucoup, car elle avait une piété douce et
sincère.

« Peu de jours après mon mariage, je dus
m'occuper en secret des préparatifs de mon
départ pour Toulon, où le général en chef
était déjà arrivé. Il fut convenu qu'elle par-
tagerait le temps de mon absence entre sa
tante et son grand-père ; qui avait alors qua-
tre-vingt-six ans, et qui conservait, dans un
âge si avancé, une tête saine, une égalité de
caractère aimable et une véritable adoration
pour sa petite-fille. Je la quittai sans lui faire
mes adieux ; ils auraient été trop pénibles.

« Je ne revins que dix-huit mois après.

Ainsi mes pressentiments furent démentis par
l'événement. De huit aides de camp que nous
étions, quatre périrent : Julien et Sulkowsky,
assassiné par les Arabes ; Crônier, tué au
siège de Saint-Jean-d'Acre, et Guibert, à la
bataille d'Aboukir. Duroc et Eugène Beauharnais furent gravement bléssés. Merlin et
moi seuls échappâmes. La gloire et la fortune
coûtaient cher auprès du général Bonaparte ! »

Après le retour d'Egypte, Bonaparte, devenu
Premier Consul, envoya Lavallette en qualité
de ministre plénipotentiaire en Saxe, d'où il
le rappela pour lui confier le grand service
des Postes après le couronnement. Il le nom-
mait en 1808 conseiller d'Etat, comte de l'Empire et grand officier de la Légion d'honneur.

Il faut se reporter aux premiers jours de
l'Empire, à cette époque glorieuse où la
France avait englobé des royaumes et comp-
tait cent trente départements, pour com-
prendre l'importance de la mission de M. de
Lavallette. Ces délicates fonctions, il les rem-
plit avec une activité puissante, une intelligence peu commune et un rare génie d'or-
ganisation.

III

Jusqu'en 1814, au moment de la chute du colosse impérial, M. de Lavallette conserva la direction générale des Postes. Après la rentrée du roi Louis XVIII à Paris, le comte Ferrand lui succéda. Toutefois, demeuré fidèle au culte de son souverain, M. de Lavallette attendait avec résignation le relèvement de l'Empire. Aussi, dès que Napoléon eut quitté l'île d'Elbe et que la nouvelle de son débarquement fut parvenue à Paris, l'ancien directeur général, prit, de lui-même, possession de l'Hôtel des Postes. Dès le 20 mars, il s'emparait du service, expédiait les courriers et envoyait des circulaires dans tout l'empire. Les *Cent jours* ayant pris fin, et l'empereur étant de nouveau renversé par la coalition européenne, M. de Lavallette fut arrêté à Paris le 14 juillet 1815.

Mis en jugement, c'est en vain qu'il réclama un tribunal militaire. Il fut traduit devant la cour d'assises du département de la Seine. Après la défense éloquente de son avocat

Me Tripier, l'accusé lui-même, prenant la parole fit un court exposé de sa conduite depuis 1789, d'une façon claire et éloquente.

Le verdict du jury le condamna à mort le 21 novembre 1815. Il entendit son arrêt avec le même calme, la même dignité qu'il avait montrés dans les débats. Son pourvoi en cassation fut rejeté le 14 décembre,

C'est en vain que la comtesse de Lavallette, grâce aux démarches d'une de ses amies intimes, la princesse de Vaudemont, obtint une audience du roi et se jeta aux pieds de la duchesse d'Angoulême. — L'arrêt de mort était décidé et l'exécution fixée au 21 décembre.

C'est alors que, prenant conseil de son courage et de son dévouement, Mme de Lavallette sauva son mari par un admirable stratagème.

J'ai trouvé à la Bibliothèque de la rue de Richelieu un petit placard imprimé sur papier à chandelle, que les crieurs publics vendirent dans les rues de Paris, le lendemain de l'évasion. Il est intitulé : *Vie politique et militaire de Marie Chamans de Lavallette, ancien aide de camp de Bonaparte et ex-directeur des Postes.* Cet écrit est d'autant plus curieux qu'avant d'être répandu à Paris et vendu sur la voie publique, il avait reçu le visa de l'autorité. Le procès, en effet, venait d'avoir un grand retentissement et le gouvernement de la Restauration était accusé d'avoir torturé en vain la victime, détenue en prison depuis le mois de juillet. Sous la rubrique : *Evasion de Lavallette*, le placard se termine par un récit très exact et très impartial de l'événement, tel qu'il résulte, d'aillenrs, des débats du procès, insérés au *Moniteur officiel*.

« *Evasion de Lavallette*. — Quelques personnes se sont étonnées et peut-être se sont plaintes de la lenteur d'un procès fameux (le procès du maréchal Ney) qui vient d'être jugé avec la plus imposante solennité. Cette lenteur tenait à la rigoureuse observation de toutes les formes, à la régularité juridique dont on avait voulu d'autant moins s'écarter que le coupable était plus célèbre et le crime plus manifeste.

La même régularité, la même exactitude dans les formes avaient été appliquées au procès de M. de Lavallette. Il n'y avait eu de lenteur que celles de la justice et de la loi.

Le prononcé du jugement fut transmis lundi à M. le garde des sceaux qui reçut en même temps la demande d'un sursis. Le jour suivant, cette demande fut présentée à Sa Majesté. Il ne pouvait donc y avoir un résultat, un terme donné à cette attente nécessaire et légale, que *le jour même où le condamné s'est dérobé à la justice ou à la clémence!* (Voir Appendice, note 2.)

« Le 20 du même mois, veille du jour auquel ce jugement devait être mis à exécution, Mme de Lavallette, accompagnée, selon sa coutume, de sa fille, âgée de douze ans, et d'une femme de chambre (la gouvernante, Mme Dutoit), est entrée vers les trois heures et demie à la Conciergerie, pour dîner avec son mari. A sept heures, la jeune fille et sa femme de chambre se sont présentées à la grille pour sortir de la prison, soutenant l'une et l'autre une personne qui paraissait être Mme de Lavallette. Cette personne, vêtue des mêmes habits que portait Mme de Lavallette à son entrée à la Conciergerie, était enveloppée dans une fourrure, ayant la tête couverte d'un chapeau et tenant un mouchoir sur les yeux. Tous les employés de la prison étaient présents. Accoutumés à

voir ces trois femmes sortir tous les soirs de
la prison, et peut-être aussi touchés de com-
passion sur l'infortune et la mauvaise santé
de Mme de Lavallette, ils ont négligé de
s'assurer de l'identité de sa personne.

« Trois minutes après, le concierge s'est
rendu dans la chambre du condamné. Quelle
surprise d'y trouver la femme au lieu du
mari ! « Ah ! madame. s'écrie-t-il, ainsi que
« Mme de Lavallet e l'a déclaré elle-même,
« qu'avez-vous fait ? vous m'avez perdu ! »
Celle-ci le conjure de ne faire aucun bruit,
et, craignant que son mari ne soit atteint si
l'on se met sur-le-champ à sa poursuite, elle
retient fortement le concierge par le bras,
s'accroche à lui et lui déchire la manche de
son habit.

« Le concierge désespéré court au
greffe, avertit les gardiens de la prison
de ce qui est arrivé, et leur crie d'appeler
d'aller de tous côtés à la recherche du prisonnier.

« Ceux-ci se dirigent sur plusieurs points.
— Deux d'entre eux rencontrent sur le Pont-
Neuf la même chaise à porteurs dans laquelle Mme de Lavallette avait coutume de
se rendre à la prison et y était venue hier

(la veille). Ils l'arrêtent à l'instant ; mais le
prisonnier fugitif l'avait déjà quittée. —
Aussitôt que l'évasion de Lavallette a été con-
nue, des ordres ont été donnés pour fermer
les barrières, et elles étaient encore fermées
le 21 à sept heures. — De nombreuses per-
quisitions ont été faites à Paris ; des estafet-
tes ont été expédiées par toutes les routes
pour porter en tous lieux le signalement du
condamné.

« Immédiatement après la nouvelle de l'é-
vasion, M. le ministre et M. le préfet de police, comte Anglès, se sont transportés à la
Conciergerie. Son Excellence y a interrogé
tous les employés de la prison ; elle y a or-
donné l'arrestation du concierge et d'un
porte-clefs. — Le premier paraît coupable de
négligence et le second est soupçonné d'a-
voir facilité l'évasion. »

L'évasion du prisonnier avait été concer-
tée peu de jours auparavant entre Mme de
Lavallette et M. de Baudus, ancien émigré
et écrivain de talent. Le jeune Baudus, que
M. de Lavallette avait connu en Allemagne
et auquel il avait rendu des service, venait
souvent voir le prisonnier à la Conciergerie.
Lorsque le plan fut mûr dans sa tête, la

comtesse de Lavallette s'adressa à Baudus
pour trouver un asile où l'on pût cacher son
mari au cas où elle parviendrait à le faire
sortir de prison. M. de Baudus était fort lié
avec M. Bresson, ancien conventionnel, député girondin, et qui en ce moment occupait
le poste de directeur au ministère des Affaires étrangères. Le jeune homme se souvint
avoir entendu dire à Mme Bresson qu'elle
avait fait vœu de sauver un proscrit politi-
qui, en souvenir de l'asile que son mari
poursuivi et proscrit avait reçu dans les Vos-
ges pendant la Révolution. Il confia tout à
Mme Bresson. Celle-ci, très fidèle à son en-
gagement, se mit avec le plus entier dévouement à la disposition de Mme de Lavallette
pour mener à bonne fin sa touchante et admirable entreprise.

Mais reprenons les faits. Après avoir traversé la geôle et passé devant le personnel
qui le regardait avec curiosité, le prisonnier,
une fois dans la rue, eut un moment terrible
d'angoisse. Un des porteurs de la chaise
s'était esquivé. Il fallut attendre quelques se-
condes pour le remplacer.....

A peu de distance du Palais de Justice, sur
le quai de l'Horloge, M. de Lavallette descen-

dit de la chaise à porteurs et y laissa sa fille Joséphine avec sa gouvernante. Il fut aussitôt rejoint par M. de Baudus qui guettait avec anxiété son arrivée. Un cabriolet attendait le fugitif : le cocher, qui n'était autre qu'un ami, complice le com'e de Chassenon, auditeur au conseil d'Etat, le conduisit rapidement au coin de la rue Plumet, aujourd'hui rue Oudinot. La voiture appartenait au comte de St-Aignan, autre ami de M. de Lavallette. Pendant le trajet, le prisonnier a ait eu le temps de dépouiller ses vêtements et de se déguiser en laquais. M. de Baudus, qui s'était, de son côté, rendu rue Plumet, emmena à pied son faux domestique jusqu'à l'hôtel du ministère des Affaires Etrangères, situé alors rue du Bac. C'est là que M. de Lavallette reçut un asile et demeura caché jusqu'au 9 janvier 1816, dans une petite chambre dépendant de l'appartement de M. Bresson. De son réduit, l'ancien prisonnier entendait les crieurs publics annonçant « l'évasion du célèbre Lavallette » et vendant le placard que nous avons cité.

« Il était huit heures du soir, dit M. de Lavallette dans ses Mémoires, » la pluie tombait à torrents, la nuit était pro°onde et la solitude complète dans cette partie du fau.

bourg Saint-Germain. Je marchais avec peine, Baudus avançait rapidement et ce n'était qu'avec effort que je pouvais conserver ma distance. Nous rencontrâmes des gendarmes qui couraient au galop et qui ne se doutaient guère que j'étais là, car c'était probablement à moi qu'ils en voulaient. Enfin, après plus d'une demi-heure de marche, Baudus s'arrêta un instant rue de Grenelle, près la rue du Bac.

« Je vais entrer, me dit-il, dans un hôtel. « Pendant que je parlerai au suisse, avancez « dans la cour. Vous trouverez un escalier à « gauche; montez-le jusqu'au dernier étage. « Avancez dans un corridor obscur que vous « trouverez à droite. Au fond est une pile de « bois, tenez-vous là et attendez. »

« Nous fîmes alors quelques pas dans la rue du Bac, et une sorte de vertige me prit quand je le vis frapper à la porte du minis-ère des Affaires Etrangères occupé alors par M. le duc de Richelieu. Baudus entra le pre-mier et pendant qu'il parlait au suisse qui avait la tête hors de sa loge, je passai rapide-ment : « Où va cet homme ? » s'écria-t-il : « C'est mon domestique. » Je gagnai l'esca-lier jusqu'au troisième étage et j'arrivai à

l'endroit qui m'avait été indiqué. A peine y
étais-je que j'entendis le froissement d'une
robe. Je me sentis prendre doucement par le
bras ; on me poussa dans une chambre, et la
porte fut fermée sur moi. J'avançai vers un
poêle allumé et qui jetait une lueur fort in_
certaine.

« En plaçant mes mains sur le poêle pour
me chauffer, je trouvai un flambeau et un
paquet d'allumettes. Je compris que je pouvais éclairer ma chambre. A l'aide d'une
bougie j'examinai mon nouveau domicile.
C'était une chambre de médiocre grandeur,
à mansarde. Un lit fort propre, une commo_
de, deux chaises et le petit poêle de faïence.
Sur la commode était un papier sur lequel
je trouvai écrit : « Point de bruit, n'ouvrez
« la fenêtre que la nuit, chaussez-vous de
« pantoufles de lisière et attendez avec pa-
« tience. » A côté de ce papier était une bou-
teille d'excellent vin de Bordeaux, plusieurs
volumes de Molière et de Rabelais et un joli
panier qui renfermait des éponges, des sa-
vons parfumés, de la pâte d'amande et tous
les petits instruments d'une toilette soi-
gnée.

« Ces attentions délicates et la jolie écriture du billet m'indiquaient des hôtes qui joignaient aux plus généreux sentiments des mœurs élégantes et de bon goût. Mais pourquoi l'hôtel des Affaires Etrangères ? je n'avais jamais vu le duc de Richelieu. Quel intérêt pouvais-je inspirer au roi? D'ailleurs, il eût été si simple d'accorder ma grâce ! Si j'étais là par la volonté du ministre, pourquoi violer des devoirs sacrés, la loyauté qu'il devait à son souverain, s'associer au parti de Bonaparte et sauver un criminel d'Etat condamné comme conspirateur ? »

A onze heures du soir, la porte s'ouvrit et M. de Lavallette vit entrer une jeune femme accompagnée d'une charmante enfant de quatorze ans ; c'étaient Mme Bresson et sa fille qui venaient apporter de la nourriture à leur prisonnier. — « Nous ne nous connais-« sons pas, lui dit-elle, mais je suis heureuse « de m'associer à l'héroïque action de Mme « de Lavallette », et elle lui expliqua par suite de quelles circonstances elle s'était offerte à M. de Baudus pour lui donner un asile. Quelques instants après, entrait M. Bresson, qui s'entretint longtemps avec son nouvel hôte. M. de Lavallette, qui avait été en 1801 envoyé par le premier consul comme ministre plénipotentiaire à Dresde, avait eu l'occasion d'entrevoir à cette époque M. Bresson, attaché déjà au département des Relations Extérieures.

IV

La nouvelle de l'évasion de Lavallette produisit à Paris une profonde sensation. Les libéraux et les Bonapartistes ne dissimulaient pas leur joie ; mais les ultrà voyaient avec rage cette victime échappée au bourreau. On assure qu'en apprenant l'événement, Louis XVIII aurait prononcé ces belles paroles : « Mme de Lavallette a seule fait son devoir. »

Lorsqu'il vit son ministre de la Police, M. Decazes, le roi l'accueillit par ces mots : « Vous verrez qu'on dira que c'est nous ! » La Chambre des députés se montra, en effet, très irritée. La politique exclut la pitié et n'obéit qu'aux sentiments de haine. La droite s'en prit au ministère. Une proposition de mise en accusation fut déposée par M. Humbert de Sesmaisons.

La proposition fut prise en considération, une commission fut nommée, le rapporteur choisi. Le rapport devait conclure par une adresse au Roi dans laquelle la Chambre déclarerait que les ministres de la police et de

la justice, M. Decazes et M. Barbé-Marbois,
avaient perdu, par leur négligence, la confiance de la nation. Louis XVIII, informé de
ce projet, fit savoir à la commission que sa
réponse serait celle-ci : « Vous parlez de la
confiance de la nation ! Eh bien, je la con-
« sulterai. » Cette menace aurait, dit-on, fait
échouer le rapport.

Dans son *Histoire de la Restauration*, M.
de Lamartine écrit ceci « des cris de rage
s'élevèrent de la Chambre des députés, au
récit de l'évasion de Lavallette. Nous les rap-
pelons pour la honte des partis. Pour l'honneur de la nature humaine, nous ne nom-
mons pas ces vociférateurs. On eût dit que
le salut de la monarchie tenait à la tête de
ce prisonnier et au veuvage de cette femme.!
Le ressentiment de la colère trompée gronda
ce jour-là sur les ministres et sur le roi lui-
même. »

M. de Lavallette resta caché à l'hôtel du
ministère des Affaires Etrangères jusqu'au
9 janvier et parvint à s'échapper de Paris dans
les circonstances suivantes. Nous reprenons
encore ici ses Mémoires :

« La princesse de Vaudémont, inquiète de
me savoir encore à Paris, quoiqu'elle ignorât

chez qui, me cherchait des libérateurs. Elle
se confia à la comtesse de Saint-Aignan, née
Caulaincourt, une des personnes les plus spi-
rituelles de la société, dont la bonté est iné-
puisable et le courage du cœur sans bornes.
Celle-ci proposa donc à la jeune princesse de
sonder un jeune Anglais, M. Bruce, que toutes
les deux voyaient souvent. Bruce, enchanté
de contribuer à sauver un infortuné échappé
à l'échafaud d'une façon si merveilleuse ac-
cepta avec transport la proposition de ces
dames et alla la confier au général Robert
Wilson. Le général partagea l'enthousiasme
de son jeune ami. Il avait échoué dans ses
tentatives pour sauver le maréchal Ney et
espérait bien prendre sa revanche avec
moi. »

Je trouve dans un récent volume, les *Souvenirs du duc de Broglie* une page des plus
intéressantes consacrée à M. de Lavallette.
Le duc Achille de Broglie, père du duc de
Broglie actuel, ne craint point de juger sévè-
rement l'attitude de la cour des Tuileries à
cette époque. Esprit indépendant, libéral,
mais avant tout nature droite, franche et
élevée, l'ancien auditeur du conseil d'Etat de
Napoléon Ier, créé pair de France en 1814,

exprime ses sentiments avec une entière li·
berté :

«N'ayant pas encore tout à fait trente ans,
j'en prenais prétexte pour négliger les séances
de la Chambre des Pairs, mais je suivais as·
sidûment celles de l'autre Chambre, où tout
ce que j'entendais nourrissait de plus en plus
mon aversion pour le parti dominant. Je
n'exagère rien en affirmant que les violences
de ce parti, dans la Chambre et hors de la
Chambre, à la tribune et dans les tribunes,
portant habit ou portant jupon, rappelaient
trait pour trait les plus mauvais jours de la
Convention nationale. Ce fut surtout à l'issue
du procès de M. de Lavallette que la fureur,
c'est le mot propre, fut portée à son comble,
et l'on peut dire que ce procès fut un véritable bonheur, en ce sens que, n'ayant coûté
la vie à personne, il éclaira tout le monde, et
divisa en deux camps, d'une part les jacobins
de la royauté, de l'autre les hommes hon-
nêtes et sensés, quelles que fussent leur ori-
gine et la nuance de leurs opinions.

« Je ne dirai rien du fond même de ce pro·
cès : jamais l'iniquité ne s'est montrée plus
effrontée ; ni de la déposition de M. Ferrand.

Je n'ai jamais pu, depuis, approcher de lui sans indignation et sans dégoût.

« Mais, je le déclare, rien ne peut donner l'idée de la joie que causa dans Paris l'évasion du condamné ; dans tout Paris s'entend, moins la cour et le faubourg Saint-Germain. Pour peu de chose, on aurait illuminé. Le matin, de bonne heure, je vis entrer chez moi M. de Montrond, qui me dit avec un sang-froid que lui seul savait garder en plaisantant : « — Habillez-vous ; préparez-vous ; armez-vous ; un grand forfait vient d'être commis, M. de Lavallette, au mépris de toutes les lois divines et humaines, s'est échappé de sa prison dans une chaise à porteurs ; et le roi, à cette nouvelle, est monté, de son côté, dans une autre chaise à porteurs ; il le poursuit en toute hâte, mais on craint qu'il ne puisse l'atteindre, les porteurs de M. de Lavallette ont de l'avance, et il n'est pas si gros que le roi.

« J'étais plutôt tenté de lui sauter au cou que de rire. M. Bresson fit, sans doute, un grand acte de courage et de générosité en recevant le proscrit dans son appartement, dans le propre hôtel des Affaires Etrangères ; il brava la terreur blanche, comme il avait

bravé la terreur rouge au procès de
Louis XVI, mais j'oserais presque affirmer
qu'en quelque maison que le proscrit se fût
présenté, il eût été le bienvenu. »

V

Ce fut le 9 janvier 1816, à huit heures du
soir, que Lavallette prit congé de ses hôtes.
Tous étaient profondément émus. Après les
avoir serrés une dernière fois sur son cœur,
Lavallette se laissa conduire par MM. Bresson et de Baudus au coin de la rue de Grenelle où se trouvait le cabriolet prêté par
M. de Saint-Aignan. La voiture traversa le
Carrousel. Lavallette ne put s'empêcher de
sourire en passant le long des nombreuses
sentinelles qui bordaient la grille des Tuileries. Le château était illuminé, et, ce soir-là,
bien des gens s'occupaient de lui. On arriva
rue du Helder. Là, M. de Chassenon fit ses
adieux à Lavallette qui monta lentement
l'escalier du capitaine Hutchinson chez qui il
retrouva M. Bruce et le général Wilson. Le
départ eut lieu le lendemain à huit heures.
Le général Wilson, habillé en grand uniforme, fit prendre place à ses côtés dans une
calèche découverte au comte de Lavallette,
vêtu d'un uniforme complet de colonel des

gardes. Le capitaine Hutchinson les escortait
à cheval.

Ils passèrent ainsi la barrière Clichy. A
droite et à gauche se trouvaient deux corps
de garde, l'un anglais, l'autre français. Les
soldats prirent les armes et saluèrent les
officiers anglais. On traversa ainsi les villes
et villages jusqu'à Compiègne, où les fugitifs
trouvèrent une chaise de poste qui était
partie de Paris par la barrière Saint-Denis.
Aux relais, il fallait éviter les regards des
gendarmes et des postillons. Mais grâce à la
qualité du général Wilson, il n'y eut aucun
incident malencontreux.

Après Cambrai, où l'on perdit trois heures
aux portes de la ville, les fugitifs arrivèrent
à Valenciennes, dernière ville de France sur
cette route. Le maître de poste invita les
voyageurs à porter leurs passeports pour
les faire viser chez le capitaine de gendarmerie. « Vous n'avez pas lu mes qualités,
« répondit tranquillement le général anglais.
« Que ce capitaine se dérange s'il veut nous
« voir ! »

Le maître de poste prit les passeports et
alla lui-même chercher le visa. Il tardait
beaucoup à ven'r, et M. de Lavallette était

dévoré d'inquiétude. Si cet officier de gendarmerie s'avisait de venir vérifier les signalements lui-même, il reconnaîtrait infailliblement l'ancien directeur des Postes. Heureusement, le temps était très froid, le jour commençait à poindre, l'officier resta couché et signa. La voiture franchit les portes. Sur le glacis, un douanier sévère voulut s'assurer si les voyageurs étaient en règle. Sa curiosité satisfaite, les chevaux s'élancèrent sur la route de Belgique, et bientôt on atteignit le territoire belge. Le condamné à mort était sauvé.

On arriva à Mons vers trois heures. Là le général Wilson et Lavallette dinèrent et s'occupèrent des arrangements nécessaires au nouveau voyage. Wilson écrivit plusieurs lettres, une pour le roi de Prusse, une pour M. Lamb, ministre d'Angleterre à Munich ; puis il prit congé du fugitif et revint à Paris par la route de Maubeuge, Soissons, et rentra à Paris par la Porte-Saint-Martin, après une absence de soixante heures.

Pendant ce temps-là, les agents du préfet de police le comte Anglès, toujours en observation autour des amis et des relations du comte de Lavallette, avaient remarqué l'ab-

— 44 —

sence du général Wilson. Aussi le lendemain de son retour, une longue lettre écrite
par ce dernier à lord Grey, pour lui donner tous les détails de son voyage à Mons,
fut-elle saisie. Les trois Anglais, MM. Wilson,
Bruce, Hutchinson, furent immédiatement
arrêtés. C'était le 11 janvier 1816.

L'instruction du procès fait à Mme de La-
valette et aux complices ou prétendus complices de l'évasion de la Conciergerie fut ter-
miné le 15 mars. L'arrêt déclara définitive la
liberté provisoire accordée à Mme de Lavallette, et ordonna la mise en liberté de la
gouvernante, la veuve Dutoit. Le 22 avril
1816, le procès vint à la cour d'assises ; les
accusés furent défendus par M. Dupin. On
condamna le geôlier Eberle à deux ans d'emprisonnement et dix ans de surveillance.
Quant aux trois généreux Anglais, ils furent
condamnés à trois mois d'emprisonnement
et aux frais du procès. De grandes ovations
les attendaient en France et en Angleterre
à leur sortie de prison. C'était justice.

VI

M. de Lavallette, réfugié en Bavière, auprès des cousins germains de sa femme, le
prince Eugène et la reine Hortense, duchesse de Saint-Leu, ne quitta la Bavière
qu'en 1822, lorsqu'il eut reçu de Louis XVIII
des lettres de grâce. Il mourut ls 15 février
1830 à Paris, dans son hôtel de la rue Matignon.

Le comte de Lavallette, en mourant, avait
confié la tutelle de sa chère martyre à l'un
de ses amis, le comte Alexandre de La Roche-
foucauld-Doudeauville. Après lui, mon père
hérita de cette pieuse mission qui passa, au
moment de sa mort, en 1851, aux mains du
marquis de Quiqueran-Beaujeu, marié à une
nièce du marquis de Beauharnais, seconde
fille de Claude (1) de Beauharnais.

---

(1) *Le comte Claude de Beauharnais*, né en 1758,
mort en 1819, était le fils de Fanny de Beauharnais,
Chevalier d'honneur de l'Impératrice Marie-Louise,
il fut pair de France sous la Restauration. Il eut deux

L'une des dernières volontés de M. de Lavallette, volonté exprimée dans son testa-
ment, avait été qu'une partie de la fortune
de Mme de Lavallette fût consacrée à l'ac-
quisition à Paris d'une grande habitation
avec jardin, lorsque Mme de Lavallette ne
pourrait plus sortir.

Ce vœu fut accompli en 1847 et, à cette
époque, l'illustre veuve et sa fille purent s'installer dans un vaste hôtel situé au nº 19 de
la rue de la Rochefoucauld. Cette habitation très importante, construite du temps de
Louis XVI, et où est morte la célèbre tragédienne Mlle Duchesnoy (1), possède sur le

---

filles ; l'une, de son mariage avec Mlle de Marnésia :
Stéphanie-Louise-Adrienne, mariée au grand-duc de
Bade en 1806 ; l'autre, de son second mariage avec
Mlle Fortin, fille d'un armateur de Nantes, Joséphine-
Désirée, mariée en 1832 au marquis de Quiqueran-
Beaujeu.

(1) Cet hôtel fut bâti par Arnauld de Laporte, intendant général de la marine, ministre sous Louis XVI
et plus tard intendant de la liste civile en 1790.
Inutile de dire que ce propriétaire parisien périt sur
l'échafaud. L'immeuble fut acheté par une dame
Bord. Mlle Duchesnoy mourut le 8 janvier 1835, dans
cette maison qui portait alors le nº 7 de la rue La
Rochefoucauld. Ce fut Mgr de Quélen lui-même,

jardin une façade avec deux ailes en retour
qui donnent l'impression d'un château. Une
avenue, ouvrant sur la rue de la *Tour des
Dames*, sert d'accès aux voitures. Plusieurs
grands arbres plantés au commencement du
siècle et encore debout dérobent la vue des
maisons du voisinage, si bien que cette belle
demeure, avec ses allées ombreuses et ses
pelouses a l'aspect et le calme d'une retraite
et d'une oasis perdue dans la Chaussée-
d'Antin.

---

l'archevêque de Paris, qui assista dans ses derniers
moments la célèbre tragédienne. Mlle Duchesnoy,
née à Valenciennes en 1777, fut successivement cou-
turière à Paris, femme de chambre à Valenciennes.
Elle avait un grand goût pour l'art théâtral. La pro-
tection de Legouvé et de Mme de Montesson lui permit
de débuter en 1802. Ses débuts dans *Phèdre* furent un
triomphe. Ses démêlés avec Mlle Georges sont cé-
lèbres dans les fastes du théâtre français. Mlle Duchesnoy, n'était pas belle, mais son talent souple était
fait d'énergie et de sensibilité. — L'hôtel de la rue La
Rochefoucauld, acheté en 1847 par les soins de mon
père pour sa pupille, la comtesse de Lavallette, appartenait alors à des mineurs. Le rez-de-chaussée
de l'hôtel était occupé par le chanteur Baroilhet,
grand amateur de peinture qui y avait installé une
galerie de tableaux remarquable.

De grands salons de plain-pied s'ouvrent sur le jardin. La décoration des appartements rappelle le Directoire et l'Empire. Un premier salon octogone, où se tient habituellement la maîtresse de la maison, est garni de portraits de famille. C'est là que se trouvent le tableau de l'*Évasion*, peint par Horace Vernet et deux forts beaux portraits du comte et de la comtesse de Lavallette : le premier, par Robert Lefebvre ; le second a été peint par Berthon, à la Conciergerie. Sur le panneau opposé, on voit une magnifique esquisse d'Isabey, représentant l'impératrice Joséphine, puis ses deux enfants, le prince Eugène et la reine Hortense. Plus loin, la comtesse *Fanny de Beauharnais* (1), la célèbre femme de let-

---

(1) *Fanny de Beauharnais*, née à Paris en 1742. Fille d'un receveur général des finances, elle épousa fort jeune le comte Claude de Beauharnais, chef d'escadre et vaillant marin. Ce Beauharnais, était l'oncle et en même temps le beau-père du marquis de Beauharnais, père de Mme Lavallette. Il était l'oncle du vicomte le général, père de la reine Hortense et du prince Eugène.

L'union de la jeune femme commença par être heureuse, puis elle se sépara de son mari, voyagea en Europe. Revenue à Paris, elle ouvrit ses salons aux

tres, grand'tante de la baronne de Forgęt, et
enfin son grand père, le marquis François de
Beauharnais, en costume d'ambassadeur.
Sans parler des cadres contenant d'exquises
et précieuses miniatures de famille, parmi les-
quels le *Général Alexandre de Beauharnais* (1)

---

gens de lettres. C'était un bel esprit dans cette
pléiade assez peu lumineuse, du reste, des Dorat, Le-
brun, Bitaubé Dussaux, Mercier, Cubières et Rétif
de la Bretonne. Elle avait fait des vers à dix ans et
en fit le reste de ses jours ainsi que des romans
justement oubliés. Douée de beaucoup d'esprit, elle
exhalait dans ses vers, comme on disait alors, une
philosophe douce, pleine de sensibilité. Mais ses
meilleures pièces ne s'élèvent pas au-dessus du médiocre. Elle mourut en 1813, après avoir publié une
douzaine de volumes.

Fanny de Beauharnais eut trois enfants, un fils, le
comte Claude et deux filles : l'une épousa son oncle,
le marquis François de Beauharnais, père de Mme
de Lavallette. La seconde épousa le général François
de Barral, d'une illustre famille du Dauphiné, frère
du comte de Barral, archevêque de Tours et aumô-
nier de l'impératrice Joséphine, et du marquis de
Montferrat, leur aîné. Le général de Barral, devenu
préfet de Bourges, eut deux fils, le comte Hippolyte
et le vicomte Octave, qui, après avoir servi comme
militaires sous leur cousin, Napoléon Ier, furent tous
deux sénateurs sous Napoléon III.

(1) *Alexandre, vicomte de Beauharnais*, frère du

4

et sa femme, la future impératrice, le salon

---

marquis François de Beauharnais, né à la Martinique en 1760, député par la noblesse de la Sénéchaussée de Blois, aux Etats-Généraux de 1789, adopta les principes de la Révolution. Général en 1792, commandant l'armée du Rhin en 1793, il refusa le ministère de la guerre.

Les exigences des commissaires de la Convention le déterminèrent à résigner son commandement et il se retira dans sa terre, où il fut arrêté, transporté à Paris et exécuté le 23 juillet 1794. — Il avait épousé à la Martinique Joséphine de Tascher de la Pagerie, qui devint, après sa mort, épouse du général Bonaparte et impératrice. Il avait eu d'elle deux enfants, le prince Eugène et la reine Hortense.

Eugène de Beauharnais a laissé de son mariage avec la princesse de Bavière six enfants, dont deux garçons et quatre filles ; l'aîné, époux de la reine dona Maria de Portugal, est mort en 1835 ; le cadet, Maximilien-Joseph, duc de Leuchtemberg, qui avait épousé en 1842 l'archiduchesse Olga, fille de l'empereur Nicolas est mort en 1853. — La grande-duchesse Joséphine, l'aînée des filles du prince Eugène, a été Reine de Suède ; la seconde, Eugénie-Hortense, mariée au prince de Hohenzollern-Hochingen ; la troisième Amélie-Augusta, épousa dom Pedro, empereur du Brésil.

Le duc Maximilien de Leuchtenberg a laissé une nombreuse lignée et les arrières-petits-fils du prince Eugène occupent à la cour de Russie un rang considérable.

de la rue de La Rochefoucauld est rempli de souvenirs de haut prix. Un sabre ayant appartenu à Mourad-Bey, donné par le général Bonaparte à son aide de camp Lavallette, le soir même de la bataille des Pyramides, enfin des reliques de Saint-Hélène, des Tuileries, de Ham, de Saint-Cloud et de Chislehurst, souvenirs des temps prospères et des heures de l'adversité.

Le grand salon, revêtu de tapisseries à fleurs, qui fait suite au salon octogone est recelé d'une serre. Une magnifique pendule du temps de l'Empire fait face à un buste de marbre blanc de l'empereur Napoléon Ier. Cette œuvre de Canova fut enfouie pendant une partie de la Restauration dans une propriété du comte de Lavallette, aux environs de Paris, à Suresnes.

Plus loin, après avoir traversé un petit boudoir, on trouve la bibliothèque. M. de Lavallette, lettré de grand goût, avait amassé en exil et dans les dernières années de sa vie de précieux matériaux pour l'histoire. Par une coïncidence singulière, dont sa fille, Mme de Forget, est justement fière, M. de Lavallette était parent, à un degré assez rapproché, des familles Berryer et Delacroix, d'où

sont issues ces deux gloires si pures, l'illustre
orateur et le peintre de génie. — La salle à
manger se trouve à gauche, en entrant.
Cette vaste pièce et ses dépendances ser-
vaient de chambre à la comtesse de Lavallette ; elle y est morte le 18 juin 1855, dans
les bras de son petit-fils Eugène de Forget
et dans les miens. Les appartements de la
baronne de Forget sont au premier étage et
s'ouvrent sur une terrasse en plein soleil.

C'est là que se sont écoulées, entourées
des soins les plus minutieux de la piété filiale
les dernières années d'une existence dont les
débuts furent si brillants et si agités. Depuis
le drame de la Conciergerie, Mme de Lavallette ne recouvra ses facultés qu'à de rares
intervalles. Son état se transforma en une
profonde et silencieuse mélancolie. Elle ne
cessa jamais, cependant, d'assister et même
de présider aux réceptions de sa fille. Cette
animation mondaine semblait même lui
plaire ; bien qu'elle se refusât à prendre part
aux conversations, elle en aimait le bruit et
le mouvement autour d'elle. Parfois, mais
bien rarement, les personnes qu'elle avait
connues jadis, mon père particulièrement, par-

venaient à lui arracher quelques mots, voire
quelques bribes d'entretien.

La plupart du temps, un sourire triste er-
rant sur ses lèvres était sa seule réponse, et
elle se renfermait dans son silence. Elle resta
belle jusqu'à ses derniers jours. Sa taille élevée, sa démarche, ses attitudes avaient une
noblesse, une majesté qui frappaient les regards. C'était bien une des dernières grandes
dames de la cour si brillante de Napoléon Ier.
Mme Regnau.t de Saint-Jean-d'Angely, la
comtesse Mollien et la duchesse de Rovigo, ses
dernières contemporaines, venaient la voir
fréquemment.

Un jour que Mme de Lavallette relevait
d'une assez sérieuse maladie, je me trouvais,
étant tout enfant, dans son appartement. Elle
était fort pâle et étendue sur une chaise longue : « Viens, petit, me dit-elle dès qu'elle
m'aperçut ; prends ma main, vois comme je
suis faible ! Je ne pourrais plus retenir le geôlier ! » Ces paroles, rappelant l'évasion, me
frappèrent vivement. On a vu plus haut, en
effet que, lorsque M. de Lavallette, accompagné de sa fille et de sa gouvernante, fut
sorti de prison, plusieurs minutes s'écoulèrent
avant que le geôlier entrât dans le cachot pour

visiter son prisonnier. Mme de Lavallette,
pour gagner quelques instants, se jeta sur cet
homme avec la frénésie du désespoir, s'effor-
çant de le retenir à tout prix afin de l'empêcher de donner l'alarme. Une minute gagnée
pouvait être le salut. C'est à cette lutte dramatique que faisait allusion Mme de Lavallette lorsqu'en souriant elle disait : « Je ne
« serais plus assez forte pour retenir le geô-
« lier! » Depuis le jour où elle prononça
cette phrase qui dénotait à un si haut degré
la plénitude de sa raison et de sa mémoire,
jamais je n'entendis des lèvres de Mme de
Lavallette une seconde allusion au terrible
drame de sa vie.

D'autres souvenirs historiques se rattachent
à l'hôtel de la rue de La Rochefoucauld. Mme
de Forget, élevée au milieu de ces émotions
terribles, par une mère nièce de l'impératrice Joséphine, et par un père serviteur pas-
sionné de Napoléon Ier, a gardé religieuse-
ment le culte de l'Empire. Le prince Louis-
Napoléon, pendant son emprisonnement à
Ham, fut régulièrement visité par sa cousine,
dont le dévouement et l'abnégation ne con-
naissaient point de bornes. Avec cette cha-
leur de sentiments, ce besoin de sacrifice

dont sa mère avait été l'héroïque victime,
elle eût volontiers compromis sa fortune et
sa vie pour un prince qui avait à ses yeux le
prestige d'un héritage de gloire et plus encore le prestige du malheur. Après la révolution de 1848, lorsque le prince prétendant,
quittant l'Angleterre, vint pour la première
fois à Paris, les passions étaient si vivement
surexcitées, qu'il dut, avant de s'installer à
l'*Hôtel du Rhin*, place Vendôme, chercher
plusieurs fois un asile dans la maison de sa
parente, la comtesse de Lavallette. Parvenu
au trône, le nouvel empereur n'oublia pas
les liens de parenté qui l'unissaient à la comtesse de Lavallette et à sa fille.

Toutefois, chose rare et qui paraîtra sur-
prenante à quelques-uns, ce fut plutôt la
baronne de Forget qui sembla oublier qu'elle
était la cousine du souverain. Le prince était
puissant, il était heureux, entouré de flatteurs,
d'amitiés aussi nouvelles que bruyantes.
Quel besoin pour lui, désormais dans la
prospérité, d'un dévouement si désintéressé
et si pur? Tant que dura l'Empire, la baronne de Forget demeura à l'écart, n'ayant
jamais réclamé de faveur pour elle ou pour
les siens. Le jour des obsèques de sa mère,

la comtesse de Lavallette, l'Empereur envoya
à l'hôtel de la rue de La Rochefoucauld son
premier aide de camp en grand uniforme
pour conduire le deuil de son illustre parente.
Mme de Forget et son fils firent remercier
Sa Majesté, et ce fut tout.

Le baron Eugène de Forget, petit-fils de
Mme de Lavallette, est mort l'hiver dernier
dans sa terre d'Auvergne. Sa mère, petite-
nièce de l'impératrice Joséphine et cousine
du prince Eugène et de la reine Hortense,
est aujourd'hui la seule survivante du nom de
Lavallette et représente seule la branche
aînée des Beauharnais.

Paris, 22 juin 1886.

Le second fils de la baronne de Forget, Claude-
Emilien de Forget, mourut en 1856 des suites d'une
chûte de cheval. Il était sous-préfet de Compiègne
et un décret impérial l'avait autorisé à relever le
titre et le nom de son grand père maternel le comte
de Lavallette.

APPENDICE

Note 1, page 9, ligne 22.

Ce fut M. de Montlosier, compatriote et compagnon d'émigration du chevalier de Forget qui eut l'idée de mariage de Mlle de Lavallette avec le fils de son ami. La jeune fille n'avait pas seize ans, lorsqu'elle quitta le couvent pour épouser en 1817 l'ancien auditeur au conseil d'Etat. M. de Lavallette était alors réfugié en Bavière auprès de son parent le prince Eugène.

A son retour en France en 1822, M. de Lavallette s'étant rendu en Auvergne, accompagné de mon père pour lequel il avait une grande affection, l'introduisit dans la famille de son gendre.

Mon père, Louis-Amédée Le Lorgne, baron d'I-

deville (1780-1852) épousa en 1823 Mlle Adelaïde
de Sampigny. Auditeur au Conseil d'Etat en 1806,
attaché au cabinet de l'empereur pendant les
campagnes d'Allemagne et de Russie, il était
maître des requêtes en 1814. Proscrit, il revint
en France en 1820, et depuis 1830 jusqu'en 1848
il fut député et conseiller général de l'Allier.

Note 2, page 26, ligne 8.

Le lendemain de l'évasion du comte de Lavallette, le bruit courut à Paris que le gouvernement avait prêté les mains à la fuite du condamné à mort. Sans la complicité des autorités
royales, disait-on, le prisonnier ne serait jamais
parvenu à quitter la Conciergerie. Cette légende
fut accréditée par les amis du gouvernement, heureux de transformer en acte de générosité et de
magnanimité royale l'incurie et la négligence volontaire, peut-être, de fonctionnaires subalternes.
Le roi Louis XVIII, il faut bien le dire, n'eut
jamais l'intention de faire grâce à M. de Lavallette, pas plus que de contribuer à son évasion.
Le document authentique ci-joint, coupe court à
toute supposition de sursis ou de grâce. Cette
pièce fait partie d'une collection fort curieuse

des ordres d'exécution formée par l'exécuteur
des hautes œuvres, le bourreau Samson, depuis
le 7 avril 1808, jusqu'au 8 décembre 1832. Cette
collection a été récemment achetée par la Bibliothèque historique de la Ville de Paris. Ce fut la
veille au soir du jour où il devait être guillotiné,
que M. de Lavallette s'échappa de la Conciergerie. C'est dans la nuit même, après l'évasion,
que le bourreau Samson recevait du parquet l'ordre ci-joint. La victime disparue il devenait inutile de dresser l'échafaud !

PARQUET

—

COUR ROYALE
DE PARIS

L'Exécuteur des Arrêts de la Cour Royale de
Paris regardera, *comme nul et non avenu*, l'ordre
qui lui a été adressé hier pour l'exécution du
condamné Lavallette, laditte (*sic*) exécution étant
suspendue. Il voudra bien en conséquence cesser
toutes les dispositions qu'il aurait pu faire en
conséquence dudit ordre qu'il remettra à l'huis-
sier porteur du présent.

Fait à Paris ce vingt et un décembre mil huit cent quinze.

Pour M. le procureur général empêché :

L'avocat général délégué pour faire le service du parquet,

HUA..

ACHEVÉ D'IMPRIMER

le 22 Juillet 1886

PAR

P. MOUILLOT, IMPRIMEUR

13, quai Voltaire, 13

PARIS

www.ingramcontent.com/pod-product-compliance
Lightning Source LLC
Chambersburg PA
CBHW060816180626
46818CB00002B/841